MARTIN HECKT

Byrt

Legenden von Kanthorus

Bibliografische Information der Deutschen Nationalbibliothek: Die Deutsche Nationalbibliothek verzeichnet diese Publikation in der Deutschen Nationalbibliografie; detaillierte bibliografische Daten sind im Internet über dnb.dnb.de abrufbar.

© Martin Heckt 2019
Cover: Martin Heckt

Herstellung und Verlag:
BoD – Books on Demand, Norderstedt

ISBN: 9783734796739

Kapitel 1

Krachend schlug der Blitz in den alten Baum ein, der in einem Vorgarten einer kleinen heruntergekommenen Fischerhütte stand. Der Donner rollte grollend über den Himmel. Es herrschte tiefe Nacht und dieses Gewitter war eines der schlimmsten der letzten Jahre. Trotzdem öffnete sich die Tür der Hütte und ein dick eingepackter und vermummter Granitianer trat vor die Tür.
„Mach dir keine Sorgen, Schatz, ich bin bald wieder da!"
Der Mann blickte gehetzt um sich und griff dann zur

Laterne, die an der Seite der Tür befestigt war. Aus dem Inneren der Hütte konnte man eine Frau vor Schmerzen schreien hören. Durchbrochen wurde dieses Schreien nur von wilden Flüchen. Der Granitianer duckte sich, als würden die Schreie ihn körperlich verletzen. Er zwinkerte noch einmal kurz aufmunternd seiner Ehefrau zu und schloss mit einem gequälten Lächeln die Tür hinter sich. Es war von Vorteil, dass sie derzeit nicht in der Lage war, mit schweren Gegenständen nach ihm zu werfen, dachte er ironisch. Schnell eilte er zum Stall und sattelte dort sein Pferd. Es war ein kleines und eher schwach gebautes Pferd, und der Granitianer konnte beim Reiten fast mit ihm mitlaufen, aber es hatte ihm bis jetzt treu gedient und er hoffte, dass die alte Mähre im auch dieses Mal den Gefallen tun würde.
„Na komm schon, mein Alter, los geht's!"
Er trieb das Pferd durch die Stalltür und hinaus in den strömenden Regen. Es war nicht allzuweit bis Aritholka, dem einzigen Ort in der Nähe, in dem

momentan ein Arzt ansässig war. Und genau den brauchte er jetzt, für die Liebe seines Lebens. Seine Frau.

„Halt durch, Kythiana, halt durch!", schrie er gegen den Wind an. Bei jedem Donnern und jedem Blitz zuckten er und sein Pferd zusammen und er hatte stets Probleme, das Pferd unter Kontrolle zu bringen, aber er schaffte es.

„Wir schaffen es, mein Alterchen!", feuerte er sein Pferd immer wieder an.

Und tatsächlich: Das Wunder geschah! Zumindest sollte er später jedem davon erzählen, dass es wie ein Wunder war. Sie passierten den Eingang Aritholkas und gemeinsam schlugen sie den Weg zum Arzt der kleinen Fischerstadt ein. Die Stadt war auch im Dunkeln schön anzusehen. Sie bestand vorwiegend aus kleinen Gassen, die dadurch größer wirkten, dass die Häuser alle weiß gekalkt waren. Penibel achteten die Bewohner auf Reinlichkeit und so sah es auch aus. Normalerweise genoss er es sehr, in der Stadt zu sein, aber dieses Mal ging es um Schnelligkeit. Also widmete er seine ganze Konzentration alleine dem Weg zum Arzt. Schließlich gelangte er zu einem schönen und nicht sehr günstig aussehendem Haus, an dessen Fassade der Name des Arztes prangte.

Triefendnass klingelte der Granitianer an der Tür Sturm.

„Ja, doch!", hörte er aus dem Hausinneren.

„Ja, doch, Ja, verdammt noch mal!"

Der Mann klingelte weiter, bis zu dem Zeitpunkt, an dem die Tür geöffnet wurde.

„Was ist denn?", kam es ärgerlich von ziemlich weit unten.

Der Arzt Aritholkas war ein Halma. Halma waren die kleinste bekannte Rasse auf Kanthorus und waren das exakte Gegenstück von den riesenhaften Granitianern, die im Schnitt 2,50 Meter groß wurden.

„Ich bin es Doktor! Byrthanok! Ihr wisst schon, Ihr wart erst letztens bei uns! Wegen meiner Frau!"

Er trat ungeduldig von einem Bein auf das andere.
Der Arzt rückte ungeduldig seinen Zwicker zurecht.
„Ich erinnere mich! Ich sagte Euch doch, kommt dann, wenn es…"
Der Arzt riss die Augen auf.
„Oh, die Götter sollen mir gnädig sein! Es ist so weit. Und das bei diesem Sauwetter. Geht schnell zu meiner Scheune, sie ist direkt neben dem Haus. Tut mir den Gefallen und spannt die Pferde vor die Kutsche. Ich suche nur schnell einige Sachen zusammen!"
Der Arzt wartete keine Antwort ab und donnernd flog die Tür ganz knapp vor Byrthanoks Nase zu.
Der Granitianer drehte sich um und eilte zu der Scheune. Schnell spannte er die Pferde an, und er war exakt in dem Moment fertig, als der Arzt in die Scheune trat.
Der Arzt sah abschätzend zu dem alten Gaul, der Byrthanok in die Scheune gefolgt war.
„Wenn Ihr mögt, kommt mit mir!"

Damit schwang er sich in die Kutsche und ergriff auch schon die Zügel. Byrthanok warf sich auf den freien Platz neben dem Arzt und die Kutsche sackte schwer in ihre Federn. Immerhin war sie für Halma gebaut worden, und Byrthanok füllte sie fast zur Gänze aus. Der Arzt kannte den Weg noch einigermaßen und sie waren auf dem Rückweg mehr als doppelt so schnell unterwegs, wie Byrthanok auf dem Hinweg war.

Kaum hatten sie das Haus erreicht, sprang der Halma vom Kutschbock und rannte zur Tür. Byrthanok versorgte schnell noch die Pferde und folgte dann. Als er in der Hütte ankam, blickte er in die müden und erschöpften Augen seiner Frau. In den Armen hielt sie ein kleines Bündel, fest in dicke Lagen Stoff gewickelt. Sie lächelte ihn stumm an.

Der Halma trat auf ihn zu und schüttelte Byrthanok die Hand.

„Die Dame da hat die ganze Arbeit allein gemacht", grinste er und rückte seinen Zwicker zurecht.

„Herzlichen Glückwunsch, einen strammen Jungen habt ihr da. Und nun los, kümmert Euch um Eure Frau."

Der Arzt lachte und trat aus dem Haus. Byrthanok stolperte überwältigt zum Bett, in dem seine Frau lag.

„Wie geht es dir, mein Herz?", fragte er leise.

„Mir geht es gut", kam es leise und erschöpft zurück.

„Und ihm auch."

Mit einem Kopfnicken deutete sie auf das Leinenbündel in ihrem Arm.

Byrthanok musste unwillkürlich grinsen. Das Bündel, das auf dem Brustkorb seiner Frau ruhte, war fast so groß wie der Arzt.

Mit zittrigen Fingern zog er den Stoff etwas zur Seite und entblößte das Gesicht seines Sohnes.

Granitianer hatten verschiedene Hauttöne, sie reichten von Blau über Grau bis zu einem blassen Grün.

Sein Sohn hatte eine Mischung der Hautfarbe von seiner Frau und ihm bekommen. Es war ein schönes

Grün, und es strahlte Kraft aus.

„Er ist so klein und zerbrechlich", flüsterte er ehrerbietig.

„Aber ich bin sicher, er wird groß und stark werden, und uns nur Ehre bringen."

Kythiana nickte.

„Das wird er."

„Wie wollen wir ihn nennen?", fragte Byrthanok, während er seinem Sohn den Zeigefinger hinhielt.

Seine Frau sah ihr Baby lange und nachdenklich an.

Dann strahlte sie ihren Mann an.

„Byrt", sagte sie.

„Wir nennen ihn Byrt!"

Kapitel 2

Byrt war gesund und eine Freude für seine Eltern. Schnell war klar, er war ein aufgewecktes kleines Baby und trieb allerlei Schabernack. Die Zeit raste und der kleine Byrt wurde größer und größer.

„Wenn er so weiter wächst, wird er uns noch alle überragen", scherzte Kythiana gerne und Byrthanok lachte voller Stolz.

Byrthanok selber fand das Leben noch nie so schön. Sicher, sie waren nicht reich. Oder… waren sie es doch? Es mangelte allenfalls an Geld, aber nie an Liebe in ihrem Haus.

Er arbeitete gerne als Werftarbeiter und noch lieber ging er nach einem schweren Tag nach Hause um seine Frau in den Arm nehmen zu können oder mit Byrt zu spielen.

Leider sollte dieses Glück nicht für immer sein. In einem Winter, kurz vor Byrts viertem Geburtstag erkältete sich Kythiana. Zunächst schien alles in Ordnung zu sein, doch der Eindruck sollte täuschen. Bald war die einstmals junge und kräftige Granitianerin bettlägerig und ihr Körper mergelte immer mehr aus.

Selbst der Arzt konnte nicht genau benennen, woran sie nun erkrankt war. Der Halma kam oft und immer wieder versprühte er Zuversicht, doch in seinem geheimsten Inneren wusste er selbst nicht weiter.

Byrthanok wurde verschlossener und stiller und auch das Spielen mit seinem Sohn machte ihm keinen Spaß mehr.

Irgendwann gab er sogar seine Arbeit in der Werft auf, um sich besser um seine Frau kümmern zu können. Ein paar kleine Rücklagen hatte die Familie schon, aber sie wurden schnell aufgebraucht.

An einem Abend erhob sich der Arzt und seufzte, während er seine Instrumente verstaute.

„Was ist, Doktor? Wie geht es Kythiana?"

Der Halme presste die Lippen aufeinander und schüttelte den Kopf.

„Ich weiß einfach nicht, was Ihre Frau hat, Byrthanok!"

„Aber sie sind doch Arzt!", fuhr der Granitianer auf.

„Sie müssen ihr doch helfen können!"

„Nein, leider", schüttelte der Halma erneut den Kopf.

„Schläft Byrt schon?"

Byrthanok stutzte bei dieser Frage, nickte dann aber langsam.

„Ja, er schläft, oben in seiner Kammer."

Der Halma nickte zufrieden.

„Gut. Dann kann ich frei sprechen. Ihre Frau ist sehr,

sehr krank. Sie wird es nicht schaffen, Byrthanok. Ich weiß nicht genau, wann sie stirbt, aber vermutlich wird sie es."

Byrthanok sah ungläubig zu seiner über alles geliebten Frau und zu dem Arzt.

„Doktor! Wisst Ihr, was Ihr da sagt?", schrie er fast.

„Nur zu gut, Byrthanok", seufzte der kleinere Mann. „Aber es liegt nicht in meiner Hand. Weder ich, noch einer meiner Kollegen, wissen woran es liegt. Aber sie ist sterbenskrank. Gebt nicht die Hoffnung auf, aber schließt diese Möglichkeit nicht aus."

Der Granitianer sprang auf und riss den Tisch empor, um ihn aus Wut und Verzweiflung nach dem Arzt zu werfen.

Der Halma entkam dem Wurfgeschoss in knapper Not und zog die Tür hinter sich zu, als der Tisch mit lautem Krach an die Wand polterte.

Der Halma schwang sich auf seine Kutsche und fuhr los. Er war dem Granitianer nicht böse. Selten kam er sich so hilflos vor, und wie musste es dann erst in

Byrthanok aussehen?

Byrt hörte das Gepolter des Tisches und rannte nach unten.

„Mama? Papa? Ist alles in Ordnung?"

Byrthanok rang sich ein Lächeln ab.

„Es ist alles in Ordnung, Byrt. Mir ist nur ein kleines Missgeschick passiert."

Byrt sah skeptisch zu dem kaputten Tisch, erhob aber keine Einwände. Er ging zum Bett seiner Mutter und schaute die schlafende Frau an.

„Wie geht es Mama"?, fragte er leise.

„Mama geht es gut. Das weißt du doch. Sie ist bald wieder auf den Beinen."

Byrt lächelte und hauchte seiner Mutter einen Kuss auf die Stirn.

„Das ist schön. Dann können wir endlich wieder spielen!"

Byrthanok verspürte einen dicken Kloß im Hals und nickte.

„Ja, dann könnt ihr wieder spielen", entgegnete er.

„Nun geh wieder hoch in dein Zimmer. Du musst schlafen, Byrt."

Byrt nickte und streckte die Arme aus. Das war ein allabendliches Ritual. Er streckte die Arme aus, und Byrthanok hob ihn dann hoch. Immer sagte er dann denselben Satz.

„So groß bist du auch bald, Byrt."

Dann küsste er seinen Sohn auf die Wange und setzte ihn wieder ab.

Byrt strahlte und rannte lachend die Treppe hinauf. Byrthanok ließ sich schwer auf das Ehebett fallen und weinte leise. Er wusste nicht, wie lange er so gelegen hatte, Minuten oder Stunden. Irgendwann rollte er sich auf eine Seite und richtete sich etwas auf. Dann sah er auf das ausgemergelte Gesicht seiner Frau herab, der Frau, die er so sehr liebte. Eine Träne rann seine Wange hinab und fiel auf die Nasenspitze Kythianas.

Und fast wie durch ein Wunder, öffnete sie die Augen. Das hatte sie bereits einige Tage nicht mehr gemacht. Sie schlief nur noch.

So gut es ging, lächelte Kythiana ihren Ehemann an.

„Warum weinst du?", kam es krächzend und leise aus ihrem Mund.

„Es ist nichts. Gar nichts."

Byrthanok rang sich ein Lächeln ab und streichelte sanft die Wange Kythianas.

„Lüg nicht. Wenn unser Sohn das mitbekommt, lügt er auch, und das wollen wir doch nicht", rügte sie ihn liebevoll.

„Natürlich nicht, mein Herz", sagte Byrthanok leise und küsste die Hand Kythianas.

„Also", begann seine Frau von Neuem.

„Warum weinst du?"

„Der Arzt kann dir nicht helfen", brachte er mit versagender Stimme gerade noch hervor, ehe neue Tränen über seine Wange glitten.

„Das ist nicht schlimm"; lächelte Kythiana.

„Ich habe gesehen, was mir geschehen wird, und es ist wunderschön. An diesem Ort werde ich auf euch warten. Und dann werden wir vereint sein. Für immer."

„Sag so etwas nicht, mein Herz!", stieß er unter Tränen hervor.

„Du bleibst uns noch lange erhalten."

Nun war es an Kythiana, sanft die Wange ihres Gemahls zu streicheln.

„Du weisst, dass es nicht so ist, Byrthanok", lächelte sie.

„Ich werde gehen und du musst mir versprechen auf Byrt acht zu geben. Er ist unser ein und alles. Versprich es mir."

„Ich kann nicht, ich kann es einfach nicht", weinte der große Mann.

„Du musst es mir versprechen Byrthanok!", flüsterte Kythiana mit einer Eindringlichkeit, wie er sie nie zuvor von ihr vernommen hatte.

„Pass auf ihn auf, und mach ihn zu einem Mann. Versprich es mir, ich muss es aus deinem Munde hören. Sonst kann ich nicht in Frieden gehen."

„Dann bleibst du hier. Du hast keine andere Wahl", flüstere Byrthanok.

„Du weisst, dass das nicht wahr ist, Byrthanok. Also versprich es mir. Ich möchte glücklich gehen."

Byrthanok weinte bitterlich und hielt dabei die Hand seiner Frau an seine Lippen gepresst.

„Ich verspreche es dir. Ich verspreche es dir."

Kythiana lächelte und sah in mit klaren Augen an.

„Vergiss nie, wie sehr ich dich liebe."

Das waren Kythianas letzte Worte. Sie tat noch einen langen und tiefen Atemzug und dann sah Byrthanok das Leben aus den Augen seiner Frau weichen.

Er weinte und weinte. Er weinte, bis der Morgen anbrach und sein Sohn wach wurde.

Kapitel 3

Nach der Beerdigung seiner Mutter brach für Byrthanok und Byrt zugleich eine Welt zusammen. Byrthanok vermisste seine Ehefrau so sehr, dass er nicht in der Lage war, sich um seinen Sohn zu kümmern. Byrt verstand aufgrund seines Alters natürlich noch nicht, was geschehen war und warum seine Mutter nicht mehr da war. Als Erwachsener sollte er alles davon vergessen haben. Wo seine Mutter war. Wie seine Mutter ausgesehen hatte. Was für eine Frau sie war.

Doch noch war er ein kleiner Junge und lebte mit seinem Vater.

Der Verfall Byrthanoks war deutlich sichtbar. Er ging nicht mehr zur Arbeit und kümmerte sich weder um sich, noch um seinen Sohn. Er wusch sich nicht mehr, er schnitt sich auch nicht mehr die Haare.

Byrthanok war damit beschäftigt, sich zu bemitleiden Natürlich, sagten die Nachbarn, bis zu einem gewissen Grad war das nachvollziehbar und normal. Aber leider verpasste Byrthanok den Zeitpunkt, um sich zu fangen.

Auch die kleine Hütte, noch nie ein Ausbund an Zier und Pflege, verfiel immer weiter.

Der kleine Byrt machte ebenfalls eine Wandlung durch. Er wurde wesentlich schneller erwachsen, als es hätte sein sollen. Manchmal war sein Vater ganze Wochen lang weg, und niemand wusste, wohin.

Also musste er lernen sich selber zu verpflegen. Byrt hatte Glück. Die Nachbarn kümmerten sich, so gut es eben ging, um den kleinen Granitianer, doch sie hatten auch andere Kinder und andere Verpflichtungen.

So wurde Byrt immer mehr zum Streuner. Er lernte schnell, sich gegen die anderen Kinder durchzusetzen. Das war nicht sonderlich schwer, denn wenn diese Kinder keine Granitianer waren, hatten sie ihm körperlich schon nicht viel entgegenzusetzen. Und Granitianer gab es nicht viele in der Nachbarschaft.

Bald schon war Byrt der alleinige Herrscher über die Nachbarschaft. Er erpresste Butterbrote und Süßigkeiten. Meist reichte dafür schon seine körperliche Statur aus, handgreiflich wurde er nur selten.

Aus demselben Grunde sagte auch keiner der Kinder bei den Eltern, dass Byrt so war wie er eben war.

Byrt ging bei den anderen Häusern ein und aus, und aß am selben Tisch mit den Kindern, die er sonst drangsalierte. Er grinste sie sogar frech an, während er die Suppe in sich hineinschaufelte. Die Eltern hielten Byrt immer noch für einen netten Jungen der Nachbarschaft, so geschickt war der grünhäutige Granitianer, in dem, was er tat. Doch es gab auch eine andere Seite, die er aber niemandem zeigte. Denn so sehr er seine Stärke nach außen auch zeigte, so verletzlich, traurig und einsam war Byrt in seinem Inneren.

Des Nachts schlich er sich oft aus seinem Zimmer. Das war gar nicht so einfach, denn genau genommen, war sein Zimmer gar nicht in der zweiten Etage. Byrthanok hatte damals, als die Schwangerschaft von Kythiana bestätigt wurde, einen Zwischenboden in die Hütte eingezogen. Und zu diesem Boden führte keine Treppe, sondern nur eine Leiter. Nun konnte Byrt also nur schwerlich die Leiter herabklettern und an seinem Vater vorbeischleichen. Das war ein Ding der Unmöglichkeit.

Vor allem da Byrthanok immer öfter zwielichtige Gestalten zum Trinken einlud. Innerlich schüttelte Byrt mit dem Kopf. Wie konnte man sich nur mit solchem Pack einlassen? Dabei verdrängte er seine eigenen Taten mit geübtem Geschick in die hintersten Ecken seines Kopfes. Also blieb nur das Fenster, oben in seinem Zimmer. Dieses Fenster quietschte immer etwas, also öffnete er es schon tagsüber. Wenn der Abend kam, kletterte er schnell nach oben. Erstens wollte er mit den „Freunden" seines Vaters keinen Kontakt haben und zweitens konnte er es kaum erwarten, das zu machen, was er abends sehr oft tat.

Kaum war das Johlen und Zuprosten unten laut genug zog er sich auf das Dach des Hauses. Als Granitianer bedeutete das keinerlei Problem für ihn, denn die Granitianer waren mit Abstand das stärkste Volk auf Kanthorus. Byrt hatte mit sechs Jahren schon alle anderen Kinder überragt und war schon genauso groß, wie ein ausgewachsener Parda.

Dann kletterte und glitt er langsam das Dach entlang, bis er an der Ecke des Hauses angekommen war, an dem die Regenrinne angebracht war. An der Ecke –

das wusste er – war das Gras des Gartens am höchsten. Er ließ sich vom Dach fallen und federte gekonnt ab. Er schaute kurz in das Zimmer der kleinen Hütte, um festzustellen, ob irgendjemand etwas mitbekommen hatte. Dann rannte er durch den Garten und bog nach rechts ab. Dort führte ein kleiner Weg die Klippen hinauf. Ganz oben, am Rande der Klippen, lag ein großer Felsen. Dort setzte sich Byrt hin und beobachtete die Sterne und die Glühwürmchen, die wunderschön anmutende Tänze aufführten, ganz für ihn allein.

Nach einiger Zeit begann er mit einem ganz persönlichen Ritual. Er sprach mit seiner Mutter, an die er sich genau genommen schon gar nicht mehr richtig erinnern konnte.

„Mama, wie geht es dir? Mir? Ja. Naja. Gut wäre zu viel gesagt. Ich… ich habe heute wieder einen Jungen bestohlen. Ich weiß, das ist nicht richtig. Es tut mir auch leid. Aber nur der Stärkste überlebt und ich will nicht untergehen."

Byrt nickte bei seinen Worten.

„Ich weiß, es ist nicht der richtige Weg, Mama. Aber was soll ich denn machen? Papa kümmert sich nicht um mich. Er vermisst dich immer noch, sagt er. Jeden Abend trinkt er mit seinen komischen Freunden. Wenn er dann betrunken in seinem Bett liegt, weint er. Mama, er muss dich ziemlich lieb gehabt haben."

Byrt warf ein paar Steine in das Meer unter der Klippe und sah nachdenklich auf das offene Meer.

„Ich warte noch, bis ich groß genug bin. Und dann gehe ich. Vielleicht werde ich ja Kapitän. Oder Soldat. Ich weiß noch nicht."

Der Junge seufzte und führte sein Gespräch mit seiner Mutter weiter.

„Ich will nur weg, weisst du? Ich liebe Papa, aber ich kann es mir nicht ansehen, was er macht. Er kümmert sich auch nicht um mich. Das…"

Seine Stimme wurde leiser und drohte zu versagen.

„Das ist das Schlimmste für mich, Mama. Niemand

nimmt mich mal in den Arm und sagt, dass man mich mag. Außer die Nachbarn ab und an. Aber das ist einfach nicht dasselbe, Mama. Was mache ich bloß?"

Er klagte all sein Leid seiner Mutter, der Frau, an die er sich nicht einmal mehr richtig erinnern konnte. Aber es tat gut und deshalb machte er es immer wieder. Meist mehrmals in der Woche. Irgendwann kam Byrt an eine Stelle, an der er sich vorsichtig umguckte. Wenn er feststellte, dass wirklich niemand da war, begann er, leise zu weinen. Er hatte immer den Eindruck, dass die Sterne sich wie ein Umhang um seine Schultern legten, um ihn zu trösten. Er bildete sich ein, das wäre seine Mama. Dieses Gefühl kam Wärme und Geborgenheit für den Jungen wohl am nächsten.

Irgendwann wischte er sich die Tränen von den Wangen und erhob sich. Ebenso leise, wie er gekommen war, schlich er nun wieder in den Garten, kletterte das Dach hoch und schlüpfte in sein

Zimmer.

Schnell zog er sich aus und warf sich in sein Bett. Dem Gegröle der Männer im unteren Bereich entkam er dann meist schlecht als recht durch ein Kissen, welches er sich über die Ohren legte.

Nach den ganzen Anstrengungen war er schon ziemlich müde, aber die Lautstärke in der Hütte machte es ihm unmöglich sofort einzuschlafen. Er vermisste seine Mutter so sehr. Irgendwann übermannte ihn dann doch die Müdigkeit und er fiel in einen unruhigen Schlaf.

Kapitel 4

Byrt wurde langsam älter, doch die Tage verliefen weiterhin wie gewohnt. An seinem zwölften Geburtstag allerdings, sollte sich sein Leben ändern. Es war abends, und unten hörte er wie üblich die Männer grölen und johlen. Mittlerweile war Byrt so daran gewöhnt, dass er dieser Geräuschkulisse keine Beachtung mehr schenkte.

Plötzlich allerdings hörte er seinen Namen.

„Byrt!", lallte sein Vater.

Byrt verdrehte die Augen, beeilte sich aber zu antworten, denn er wusste, wie merkwürdig sein Vater sein konnte, wenn er betrunken war.

„Ja, Vater?"

Das „Papa" hatte er sich abgewöhnt, und nutzte ausschließlich das förmlichere „Vater". Er mochte Distanziertheit, die dieses Wort ausdrückte. Es stimmte ganz einfach.

„Komm runter, Junge", grölte Byrthanok.

„Ich hab ne Überraschung für dich!"

Byrt verdrehte die Augen. Was konnte das nun wohl sein? Nichts Gescheites jedenfalls, so viel stand fest! Langsam schloss er das Buch, in dem er gelesen hatte und stand auf.

„Ich komme schon, Vater."

Er kletterte die Leiter herunter und trat vor den Tisch der Hütte. Byrt versuchte, sich seine Verachtung nicht allzudeutlich allzu deutlich ansehen zu lassen. Es saßen vier Leute an diesem Tisch und alle waren bereits volltrunken. Alle vier waren ungewaschen und hatten schon lange nicht mehr gearbeitet.

Jedenfalls, dachte Byrt, hätte ich diese Leute nicht eingestellt, so verlaust wie sie aussehen.

„Mein Sohn, du hast heute Geburtstag. Also haben wir vier uns für dich etwas ganz Besonderes ausgedacht."

Die vier Männer kicherten albern, wie kleine Schulmädchen.

„Du darfst heute zum ersten Mal Alkohol trinken. Na? Na?"

Sein Vater schaute Byrt begeistert an. Byrt verzog keine Miene, als er antwortete.

„Danke, Vater. Aber ich mag nicht."

Die Miene von Byrthanok verzog sich zu einer wütenden Fratze.

„Was? Andere Jungen in deinem Alter würden sich freuen, dass ihr Vater ihnen eine derartige Gelegenheit gibt!"

„Das kann sein, Vater, aber ich möchte nicht."

Byrt wandte sich zum Gehen, doch Byrthanok

ergriff seinen Sohn am Arm und drehte ihn wieder zu sich herum.

„Du wirst jetzt trinken!"

Byrthanok hatte hart zugegriffen und Byrt tat der Arm sehr weh. Dennoch schüttelte er den Kopf.

„Nein, Vater. Bitte lass mich los."

Byrthanok ignorierte die Worte seines Sohnes.

„Das wollen wir doch mal sehen! Gib mal das Bier!", forderte er einen seiner Saufkumpanen auf.

Der grobschlächtig wirkende Kerl reichte den bis oben hin mit Bier gefüllten Humpen an Byrts Vater.

Byrthanok hielt das Glas vor Byrts Augen.

„Trink!"

„Nein!"

„TRINK, sage ich!"

Byrt schüttelte den Kopf. Byrthanok versuchte daraufhin, seinem Sohn mit Gewalt etwas vom Bier einzuflößen. Byrt wehrte sich jedoch vehement dagegen und so kam es, wie es kommen musste: Der Bierkrug entglitt Byrthanok und zersprang auf dem

Boden in tausend Scherben.

Auf einmal herrschte eine tödliche Stille im Haus.

Die Saufkumpanen blickten Byrthanok an, und der schaute seinen Sohn an.

„Heb das auf", sagte Byrthanok ganz ruhig und leise.

Byrt schüttelte wieder den Kopf.

„Das war nicht meine Schuld. Du hättest mich nicht zwingen sollen."

„Heb… das… auf!", kam es nun gepresster von Byrthanok.

„Nein."

Byrthanok explodierte. Was erlaubte sich sein Sohn eigentlich, ihn vor seinen Leuten schlecht dastehen zu lassen. Er packte Byrt im Nacken und drückte ihn mit dem Gesicht in die Scherben. Immer und immer wieder hob er den Kopf seines Sohnes etwas an, um ihn dann erneut mit Gewalt in die Scherben zu drücken.

„Heb… das… auf!", donnerte er dabei.

Irgendwann – Byrt kam es vor wie eine Ewigkeit –

ergriffen die anderen Säufer im Raum seinen Vater und zogen ihn ihm weg. Byrt sprang mit blutenden Schnittwunden im Gesicht auf und rannte zur Tür.
„Ich will dich nie wiedersehen! Nie! Nie wieder!", rief Byrt und rannte in die Dunkelheit.
Was im ersten Moment eher wie eine zornige Floskel geklungen hatte, machte er dennoch wahr. Noch im Wald, als er sich vom Wegrennen ausruhte, schwor er sich, nie wieder zu seinem Vater zu gehen. Mit Blättern reinigte er die Wunden im Gesicht. Drei dieser Schnitte waren so tief, dass sie Narben bilden sollten, aber das wusste er nicht.
Er suchte sich zunächst eine kleine Höhle unter einem Baumstamm und polsterte sie mit Laub aus. Dort legte er sich dann hinein und schlief.

Am nächsten Tag wurde er erst am späten Vormittag wach. Er setzte sich auf und durchdachte seine Situation. Zu seinem Vater wollte er keinesfalls zurück, das kam nicht in Frage. Die Nachbarn waren dadurch auch für ihn tabu. Die würden ihn vermutlich nur am Schlafittchen packen und bei seinem Vater abgeben. Also, was tun?

Da hatte er eine Idee. Wenn schon weglaufen, warum dann nicht richtig? Das bedeutete: Ganz weit weglaufen. Er schürzte die Lippen. Das war ein guter Plan. Er gefiel ihm. Also begann Byrt Beeren im Wald zu pflücken, denn ein echter Wandersmann brauchte natürlich auch etwas zu essen.

Nach dem Mittag wanderte Byrt dann los. Er hielt sich abseits von den Straßen, denn er wollte keinesfalls entdeckt werden. Obwohl er bezweifelte, dass sein Vater ihn wirklich suchte. So wie Byrt ihn kannte, würde er wohl schlicht und ergreifend seinen Rausch von gestern ausschlafen.

Dadurch kam er natürlich nur langsam voran. Viel langsamer, als auf den Wegen. Aber das störte ihn nicht. Er genoss den Wald und seine Geräusche. Ab und an sah er sogar Wildtiere vor ihm davonhuschen, und er freute sich darüber. Jagen wollte er sie aber nicht. Oder besser: Er konnte es nicht. Niemand hatte ihm so etwas gezeigt.

Langsam wurde es dunkler. Im Wald natürlich schneller als auf den Straßen, durch die Bäume bedingt. Byrt hielt schon langsam Ausschau nach einer Höhle oder einer anderen Möglichkeit zu rasten, als er ein Licht durch die Bäume sah. Das sah fast aus, wie die Fenster einer Hütte. Und so war es dann auch. Er trat auf eine kleine Lichtung, und genau da stand sie. Klein war sie und etwas windschief. Aus dem Schornstein drang Rauch und durch das Fenster konnte Byrt das Feuer im Kamin sehen.

Kapitel 5

Durch seine Neugier war der Junge so abgelenkt, dass er den Besitzer der kleinen Hütte gar nicht wahrnahm. Der Thol schlich sich an Byrt heran und legte ihm behutsam eine Hand auf die Schulter.

„Na, Kleiner? Was machst du denn hier?", fragte ihn der Mann.

Byrt erschrak fürchterlich und versuchte sogleich zu fliehen, aber der Mann hielt ihn am Kragen fest.

„Na, na, wer wird denn gleich wegrennen", lachte der Thol.

Byrt drehte sich um und sah den Fremden an. Er war nicht viel größer als Byrt, vielleicht eine Handbreit. Er war ungefähr so alt wie sein Vater, aber wesentlich gepflegter, stellte Byrt fest. Er hatte braunes und halblanges Haar und trug eine Lederjacke, die er offensichtlich aus selbst erlegtem Wild angefertigt hatte.

„Wie heißt du denn?", fragte der Thol ihn.

„Ich bin… Thyrvanek", stotterte Byrt. Er traute dem Mann nicht, und wollte seine Identität geheimhalten.

Der Mann schmunzelte. Ihm war klar, dass der Junge log.

„Ich bin Briko. Magst du nicht mit hereinkommen? Ich habe etwas zu trinken und zu essen für dich."

Die Aussicht auf Nahrung, die möglicherweise aus Fleisch bestehen könnte, war einfach zu verlockend.

„Klar, gerne", nickte Byrt.

Zusammen gingen sie in die kleine Hütte. Briko

hielt Byrt die Tür auf, und der Junge trat hinein.
Die Hütte war klein, aber gemütlich. Ein Bett stand in einer Ecke und ein Tisch dominierte die Mitte des Raumes. An dem Tisch standen zwei Stühle, ein Zeichen dafür, dass der Mann nicht allzu oft Besuch bekam.

„Setz dich", sagte Briko zu Byrt.

„Ich bringe dir sofort einen Teller Suppe."

Byrt nickte und tat, wie ihm geheißen. Er schaute sich weiter in der Hütte um. Sie wirkte wie eine ganz normale Jagdhütte. Behaglich, fand Byrt. Kaum hatte er sich auf den Stuhl gesetzt, stellte Briko schon einen Teller mit einer dicken Suppe darin vor ihm ab. Byrt freute sich, denn sie enthielt große Fleischbrocken. Mit mächtigem Appetit langte er zu, während Briko sich entspannt auf den anderen Stuhl niederließ und ihm beim Essen zusah.

„Woher kommst du denn?"

Byrt deutete über seine Schulter nach hinten.

„Und wo willst du hin?"

Byrt deutete nach vorne.

„Ah ja", grinste der Thol.

„Na gut, ich muss ja auch nicht alles wissen."

Schweigsam sah er nun Byrt zu, wie dieser seinen Teller leerte. Schließlich schob Byrt den leeren Teller von sich.

„Magst du noch einen haben?"

Byrt schüttelte den Kopf.

„Nein, danke."

„Ich hab dich hier noch nie gesehen, was machst du denn hier", fragte Briko, als er den Teller abräumte.

„Ich will nach Aritholka", antwortete Byrt.

„Aritholka? Was willst du denn in Aritholka?", entgegnete der Thol mit hochgezogenen Brauen.

„Naja, ich will als Schiffsjunge anfangen."

„Und deine Eltern haben da nichts gegen?", hakte der Mann nach.

„Die sind beide schon längst tot", sagte Byrt leise. Und was ihn betraf, so stimmte diese Aussage sogar. Niemandem würde er von seiner Vergangenheit erzählen.

„Oh, das tut mir schrecklich leid", sagte Briko mit bedauernder Miene.

„Aber alleine durch den Wald, das ist eigentlich viel zu gefährlich für einen Jungen."

Byrt dachte nach.

„Ich... äh... suche auch die Straße. Ich habe mich wohl ein wenig verlaufen."

„Ein wenig."

Briko lachte.

„Na gut. Morgen zeige ich dir, wie du zur Straße kommst. Ich kann dir anbieten, hier bei mir zu bleiben. Du kannst im Bett übernachten. Ich schlafe dann draußen im Schuppen im Heu."

Byrt grinste. Das lief ja besser als erwartet.

„Sehr gerne".

„Wunderbar."

Die beiden unterhielten sich noch etwas, und erst als es schon spät am Abend war, gähnte Byrt. Briko

sah den Jungen amüsiert an und erhob sich.
„Ich sehe, du bist müde. Ich gehe dann jetzt mal schlafen. Bis morgen."
Er zwinkerte Byrt noch einmal zu und ging.
Byrt setzte sich testweise auf das Bett. Es hielt. Langsam legte er sich auf den Rücken und schloss die Augen. Doch sofort klappten sie wieder auf. Seine Tradition verlangte, dass er die Sterne ansehen wollte. Also stand Byrt wieder auf und ging auf die Tür zu.
Dann lachte er leise.
„Wenn, dann richtig", flüsterte er grinsend und ging zu dem kleinen Fenster an der Rückwand der Hütte. Leise öffnete er es. In dem Moment, als er sich nach draußen schwingen wollte, hielt er inne. Er hatte etwas gehört.
Und tatsächlich. Leise Stimmen drangen an sein Ohr, die eine davon gehörte Briko.
„Wir warten noch etwas, bis wir sicher sein können, dass er schläft", tuschelte dieser gerade einem

anderen Mann zu.

„Meinst du nicht, dass er schon schnarcht?"

„Nein, nein. Noch nicht. Er ist bestimmt noch aufgeregt. Schließlich schläft er bei einem Fremden."

„In Ordnung", entgegnete die unbekannte Stimme. „Wie gehen wir dann vor?"

„Na, wir schnappen ihn uns und ziehen ihm den Sack über den Kopf!", lachte Briko.

„Dann fährst du ihn nach Aritholka und verkaufst ihn da an einen der Seelenverkäufer."

Byrt zuckte zusammen. Seelenverkäufer! Das Wort kannte er. Das waren Schiffe, die Leute fingen und an reiche Leute in zwielichtigen Gegenden verkauften!

„Dieser Schuft!", grollte Byrt zwischen zusammengepressten Zähnen.

Aber nicht mit ihm! Nicht mit Byrt! Er versuchte, noch mehr zu erfahren, aber die beiden Männer entfernten sich von der Hütte. Wahrscheinlich wollten sie nicht, dass der Junge etwas mitbekam. Aber dafür war es, den Göttern sei Dank, schon zu spät.

Byrt schnappte sich einen kleinen Lederbeutel und packte sich ein paar Vorräte ein. Auch etwas Wasser in einem leeren Weinschlauch nahm er mit. Und eines der Jagdmesser von Briko.

Dann kletterte er durch das Fenster und kam weich auf dem Waldboden auf. Vorsichtig blieb er zunächst hocken und lauschte in die Dunkelheit.

Als er nichts Verdächtiges hörte, entfernte er sich von der Hütte. Er lief direkt in die entgegengesetzte Richtung, denn dort hatte er die Stimmen gehört.

Während er des Nachts durch den Wald irrte, schüttelte er immer wieder den Kopf. Erwachsenen konnte man wohl einfach nicht vertrauen. Diesen Fehler würde er jedenfalls nicht mehr begehen. Niemals mehr!

Kapitel 6

Kurz vor dem Morgengrauen fand Byrt eine kurzfristige Bleibe zwischen einem umgestürzten Baum und zwei Felsen. Er hoffte, dass er weit genug von Briko und seinem Freund entfernt war, und sie ihn hier nicht finden würden.

Dann fiel der Junge in einen unruhigen und nicht sehr tiefen Schlaf.

Es dauerte gar nicht lange, da wachte Byrt auch schon wieder auf. Trotzdem fühlte er sich erholt. Er holte den Wasserschlauch hervor, der als sein

Kopfkissen gedient hatte, und trank einen kräftigen Schluck daraus. Dann biss er herzhaft in eines der Fleischstücke, die er gestohlen hatte.

Die Erwachsenen sollten schon sehen. Er, Byrt, würde es ihnen allen zeigen.

Nachdem er sich so gestärkt hatte, nahm er seine Wanderung wieder auf. Er hielt sich dieses Mal dicht an den Straßen und ging nur dann tiefer in den Wald, wenn Leute an ihm vorbeikamen.

Byrt wusste, wo Aritholka lag, und so folgte er der Straße in diese Richtung. Das ging nun einige Tage so. Abends zog sich der Junge weiter in das Unterholz zurück, am Tage lief er an der Straße entlang in Richtung Aritholka.

Nach ungefähr zwei Tagen Wanderung kam er am Tor der Stadt an. Byrt war erschöpft, aber glücklich. Damit hatte er eines seiner Ziele erreicht.

Froh war er allerdings auch, denn seine Nahrung ging so langsam aus, und er hoffte sich hier als Schiffsjunge oder anderweitig verdingen zu können.

Frohen Mutes durchschritt er das Tor der für ihn großen Stadt und sah sich aufmerksam um.

Aritholka legte viel Wert auf Hygiene, die Straßen waren blitzblank. Die Häuser waren alle weiß gekalkt und strahlten fast. Byrt war sichtlich beeindruckt, das war wesentlich schöner und größer, als das Fischerdorf, das er kannte. Der Junge setzte eine entschlossene Miene auf. Nun gut, er war hier, und nichts und niemand würde ihn aufhalten können. Hier würde er sein Glück machen. Er war ganz sicher. Mit wachen Blicken wanderte er durch die Stadt. Sein Ziel war der Hafen. Er wanderte über den Marktplatz, und an vielen verschiedenen Geschäften vorbei. Vor einer Bäckerei blieb er stehen und drückte sich die Nase am Fenster platt. So viele leckere Sachen. Sein Magen meldete sich augenblicklich zu Wort.

„Sei schon ruhig", brummte er zurück.

„Wir bekommen schon früh genug etwas."

Schweren Herzens trennte er sich von dem leckeren

Anblick und ging die Straße weiter herunter. Byrt sah sich die Bewohner der Stadt genau an. Die meisten waren sehr gut gekleidet, das hieß also, in Aritholka konnte man gut leben. Das war eine wichtige Erkenntnis für den jungen Granitianer. Er wollte nämlich eines ganz gewiss nicht: auf der Straße leben.

Langsam lief er weiter und sog jedes noch so geringe Detail in sich auf. Schließlich kam er an der Hafenanlage an. Er blieb stehen und staunte nicht schlecht. Der Hafen war riesig. Einen so großen Hafen hatte Byrt noch nie gesehen und er war eigentlich auch zu groß für eine Stadt wie Aritholka. „Es wäre ja ein Ding, wenn ich hier nicht auf einem Schiff anheuern könnte", sprach Byrt zu sich selbst und ging direkt frohen Mutes zum ersten Schiff, das am Kai lag…

Ein paar Stunden später machte sich Enttäuschung auf seinem Gesicht breit. Niemand wollte Byrt haben. Sicher, er war groß und stark, aber die Kapitäne wussten natürlich, dass er ein Granitianer war und dementsprechend jung. Und einen Knaben wollte niemand bei sich an Bord. Die meisten Kapitäne sprachen laut aus, was sie dachten. Sie hielten ihn für einen Ausreißer, und auch wenn Byrt jedes Mal aufbegehrte, hatten sie natürlich recht. Nichts anderes war er und der Grund dafür spielte für die Kapitäne keine Rolle.

Byrt gab auf. Fürs Erste, so schwor er sich. Er ging langsam und nachdenklich zurück zum Markt. Noch schien es als wäre der Markt geöffnet, aber lange war das bestimmt nicht mehr so. Der Tag neigte sich bald dem Ende zu. Seine Augen wurden von einer Flagge eingefangen. Über einem Fischstand wehte eine lilane Piratenflagge im Wind. Byrt musste lachen. Lila. Jeder wusste doch, dass Piraten unter einer schwarzen Fahne segelten. Egal. Er ging langsam zu dem Stand.

Ein junges Mädchen schien dort zu bedienen. Eine

Parda. Sie trug einen Dreispitz und hatte langes und violettes Haar. Aber sein Blick glitt schon zu den Fischen hinüber und das Mädchen war vergessen.

Ehe Byrt so recht selber wusste, wie ihm geschah, schnappte er sich einen der mittelgroßen Fische und rannte über den Marktplatz. Er bekam so allerdings auch nicht mit, dass er gar nicht verfolgt wurde. Das Mädchen wollte ihm zwar hinterherrennen, wurde aber von einem älteren Parda mit rotem Haar zurückgehalten.

„Lass mal, Freya. Der hat nur Hunger."

Freya starrte Byrt wütend hinterher, aber der war schon lange um eine Ecke eines der Häuser außer Sicht gelaufen.

Byrt stoppte erst nach einigen Minuten und presste den Fisch an seine Brust. Schwer atmend lehnte er sich an ein Haus und glotzte den Fisch an, der aus toten Augen zurück glotzte.

Dann begann er zu lachen. Byrt lachte laut und lange, doch irgendwann kippte das Lachen um und er weinte. Er sank an der Hauswand herab und weinte hemmungslos.

Nicht nur, dass er kein Heim mehr hatte, er stahl auch schon wieder. War das sein ihm vorbestimmter Weg?

Byrt schüttelte trotzig den Kopf.

„Nein. So werde ich nicht enden. Ich brauche nur etwas Glück. Ganz einfach."

Er rappelte sich wieder auf und schlich die Straße herab. Er ging durch das Stadttor und wanderte wieder in den Wald hinein. Als er einen guten Platz gefunden hatte, baute er sich ein Lager und schichtete einige Meter davon etwas Holz auf. Nach einigen Mühen gelang es ihm, das Lagerfeuer zu entzünden, und er briet den Fisch darüber.

Der Fisch war groß genug, um Byrt zu sättigen, und nach einer kleinen Verdauungspause legte er sich auf sein Lager. Morgen schon wollte er es erneut versuchen. Es musste doch ein Schiff geben, welches ihn aufnahm. Es musste ganz einfach. Byrt träumte einen wilden Traum voller Gefahren. Doch am Ende stand er schließlich als Sieger da.

Kapitel 7

Am nächsten Tag wurde Byrt erst spät wach. Die Sonne stand schon relativ hoch am Himmel. Er stocherte lustlos mit einem Stock im Rasen herum, während er laut überlegte.

„Also, Markt werden die ja nun nicht jeden Tag haben. Hm. Woher bekomme ich nun mein Essen? Das ist doch die große Frage."

Byrt seufzte und streckte sich ein wenig.

„Ich denke, am ehesten werde ich am Abend in einer

der Hafenkneipen Erfolg haben. Ich werde wohl einen der Betrunkenen um etwas Geld erleichtern müssen, wenn es heute wieder nicht mit der Anstellung als Schiffsjunge klappen sollte."

Byrt zog ein entschlossenes Gesicht und erhob sich. Als er am Hafen ankam, sah er ein paar neue Schiffe an den Kais liegen, unter anderem das größte, das er je gesehen hatte.

Er stand staunend an der Kaimauer und sah es sich genauer an. Am Heck flatterte stolz die Flagge des Schiffes. Die untere Hälfte war dunkelblau, und die obere hellblau. Auf der Flagge war eine stilisierte Sonne abgebildet, aber Byrt hatte keine Ahnung, was das bedeuten sollte.

Er zuckte mit den Schultern und holte tief Luft. Dort brauchte er sich gewiss gar nicht erst vorstellen. Solche Schiffe suchten nur die Besten der Besten aus. Byrt ging von Schiff zu Schiff, aber es trat genau das ein, was der junge Granitianer schon befürchtet hatte. Niemand stellte ihn ein. So verbrachte er den Rest des Tages herumlungernd in den Gassen. Als es spät genug war, betrat er eine der Hafenspelunken. Sofort entdeckte er ein geeignetes Opfer. Der Seemann schlief bereits mit offenem Mund und sein Kopf lag auf dem Tisch. Seine Börse hing locker am Gürtel. Byrt schaute sich unauffällig um und eilte dann zu dem Seemann. Mit einem Ruck war die Börse gelöst und verschwand in einer von Byrts eigenen Taschen. Schnell verließ er die Kneipe. Er atmete erleichtert auf und zählte seine Beute. Das war gar nicht so schlecht für den Anfang.

„Noch drei oder vier Mal und ich kann in Aritholka die nächsten Tage überleben", grinste er.

Er ging in verschiedene Kneipen und das Stehlen fiel im immer leichter. Byrt wurde dabei fortwährend leichtsinniger, aber das bekümmerte ihn nicht. Jedes Manöver war von Erfolg gekrönt. Schließlich betrat er eine der besseren Tavernen in Aritholka. Niemand nahm von ihm Notiz. Wie üblich.

Er sah einen Mann in Uniform an der Theke sitzen.

Die Uniform war goldfarben mit etwas weiß. Protzig. Zu protzig für Byrt. Der Junge grinste gemein und schlich sich lässig in den Rücken des Mannes. Als er die Geldbörse ergriffen hatte, schloss sich eine Hand wie ein Schraubstock um sein Handgelenk.

„Na, was macht deine Hand denn da, hmmm?", kam es aus dem Mund des Uniformierten. Die Stimme klang eher amüsiert als ärgerlich und das verwunderte Byrt.

„Ich... äh...", stotterte er.

„Jaja, verlaufen hat sie sich, wäre ich geneigt zu sagen, was?"

Der Mann grinste und zog Byrt auf den freien Stuhl neben sich, hielt dabei aber Byrts Handgelenk weiterhin fest.

„Wie heißt du, Junge?"

Byrt war so irritiert, dass er dem Mann seinen wahren Namen nannte.

„Byrt. Ich heiße Byrt."

Der Mann schürzte seine Lippen, so weit man dass

unter dem Bart sehen konnte.

„Byrt. Ein guter Name. Ein starker Name, wäre ich geneigt zu sagen."

„Danke."

Mehr fiel Byrt in dem Moment nicht ein.

„Warum stiehlst du denn, Byrt"?

Immer noch sprach der Mann mit ruhiger Stimme und sah Byrt ohne Feindseligkeit an.

„Ich bin von zuhause weggelaufen. Und hab kein Geld."

Byrt wunderte sich über seine Offenheit. Warum sagte er diesem Mann die Wahrheit? Er kannte ihn doch gar nicht.

„Hmhm."

Der Mann kratzte sich am Bart."

„Wenn das so ist, wirst du wohl einen guten Grund gehabt haben, Byrt. Ich bin Feyonor."

Kein Vorwurf. Keine Belehrungen. Byrt wurde immer unruhiger. Feyonor Kardona, Kapitän des freien Handelsschiffes Soleil Royal, ließ das

Handgelenk des Jungen los.

Byrt schaute verwundert auf sein Handgelenk. Er wusste, nun könnte er fliehen, aber er tat es nicht. Byrt blieb auf seinem Stuhl sitzen und schaute Feyonor aufmerksam an.

„Und nun?"

„Was nun?", antwortete der Mann mit hochgezogenen Augenbrauen.

„Was willst du denn, was ich nun mache, wäre ich geneigt zu sagen?"

„Ich… äh… Ich habe keine Ahnung!", kam es verdutzt von Byrt, während Kardona breit lachte.

„Pass auf, mein Junge. Es ist mir egal, wenn du anderen Leuten das Geld stiehlst, weil du selber keines hast. Lass nur meines in Ruhe. Ich könnte es dir allerdings freiwillig geben."

„Freiwillig?"

Byrt verstand die Welt nicht mehr. Wer war dieser Mann und was bewegte ihn, so zu handeln?

Kardona nickte.

„Freiwillig. Du musst nur für mich arbeiten."

„Arbeiten, hm. Was soll ich denn dafür tun?", fragte Byrt argwöhnisch.

Da war also wohl doch ein Haken.

„Naja, du könntest als Schiffsjunge auf meinem Schiff arbeiten, wäre ich geneigt zu sagen."

Schiffsjunge!

Das war doch alles, was er wollte.

Aber bestimmt war das nur eine Falle. Sicherlich handelte es sich um einen Seelenverkäufer oder etwas ähnlich schlimmes.

Byrt entschloss sich, zum Schein darauf einzugehen. Wegrennen konnte er immer noch. Also nickte der junge Granitianer.

„In Ordnung, warum auch nicht?", gab er sich betont gleichmütig.

Feyonor lachte, warf ein paar Münzen auf die Theke und verließ in Begleitung von Byrt die Kneipe.

Er ging stumm neben Byrt her, fragte nichts und sprach auch nicht. Byrt verwunderte das. Kardona war so anders als die anderen Erwachsenen und er mochte ihn.

Byrt war gespannt, zu welchem Schiff Kardona gehen würde. Mit jedem Schiff, welches sie passierten, wurde Byrt immer nervöser. Es blieben nicht mehr viele über. Irgendwann war nur noch eines zu sehen.

Kapitel 8

Das Schiff mit der merkwürdigen Flagge, dass den gesamten Hafen zu dominieren schien, lag vor dem ungleichen Paar.

„Das ist mein Schiff", sagte Kardona, nicht ohne Stolz.

„Das ist die Soleil Royal."

Byrt sah sich das Schiff mit heruntergeklapptem Kiefer an. Warum wollte der Kapitän eines solchen Schiffes ihn als Schiffsjungen.

Kardona sah Byrt an und lachte.

„Na, komm, Junge. Wir schauen uns mein Juwel mal

an, wäre ich geneigt zu sagen."

Mit diesen Worten stapfte Feyonor Kardona den Laufsteg entlang, der zu einer großen Tür in der Seite des Schiffes führte.

Die Tür öffnete sich und Byrt sah einen anderen Uniformierten dort stehen. Er trug eine ähnliche Uniform, wie der Kapitän, aber bei ihm dominierte die Farbe Schwarz, mit ein paar blauen und weißen Applikationen.

„Guten Abend, Kapitän!", grüßte der uniformierte Parda.

Kardona nickte nur freundlich und winkte Byrt heran.

Gemeinsam gingen sie dann durch die langen und stark verschachtelten Gänge des Schiffes. Kardona begann irgendwann, einen Monolog über das Schiff zu halten.

„Wir sind ein freies Handelsschiff, das heißt, die Soleil Royal gehört tatsächlich mir", begann Feyonor.

„Wir transportieren Waren. Nur seriöse Geschäfte. Ich lege großen Wert auf Seriosität und Ehrlichkeit hier an Bord."

Bei diesen Worten sah er Byrt aufmerksam an.

„Die Mannschaft besteht aus ca. 750 Leuten. Wir haben Halma an Bord, Parda, Thol, wie ich selber einer bin, und natürlich auch Granitianer. Jeder von ihnen erfüllt eine ganz spezielle Aufgabe an Bord. Ausguck, Kombüse und so weiter. Wie du gesehen hast, haben wir sogar Soldaten an Bord. Das ist bei einem so großen Handelsschiff leider unerlässlich, wäre ich geneigt zu sagen."

Mittlerweile waren die beiden am Deck des Schiffes angelangt und gingen langsam zum Bug.

Der Kapitän wurde überall freundlich, fast sogar herzlich begrüßt, etwas, dass Byrt sofort positiv auffiel.

„Na, was meinst du?", schmunzelte Kardona unter dem dichten Bart,

„Könntest du dir vorstellen, hier anzuheuern?"

Er schaute vom Bug auf das freie Meer hinaus.

Kardona war ein Seemann wie er im Buche stand.

Er ging an Land breitbeiniger, als es nötig war.

Seeleute gingen fast immer so. Das lag daran, dass sie den Wellengang an Bord ausgleichen mussten.

Dazu kam das wettergegerbte Gesicht und die sehnige Gestalt des Thol.

Und nun stopfte er sich doch wahrhaftig eine Pfeife!

Byrt musste unwillkürlich lachen.

Kardona hob die Brauen und sah Byrt an.

„Nanu? Was ist denn so witzig?"

„Nichts, Kapitän", antwortete Byrt und sah auf das Meer hinaus.

„Ja. Ich würde gerne an Bord anheuern."

Kardona drehte sich leicht, und legte Byrt eine Hand schwer auf die Schulter des Jungen.

„Willkommen an Bord der Soleil Royal, Byrt."

Der Abend wurde noch sehr aufregend für den jungen Granitianer. Der Quartiermeister, ein Halma,

der höchstens halb so groß war wie Byrt, zeigte ihm seine Kabine. Schiffsjungen hatten für gewöhnlich eine Kabine für sich allein. Das lag daran, dass ihre Dienste auch in ihrer Freizeit benötigt wurden, und es so durchaus vorkam, dass es etwas hektisch wurde. Das könnte Leute, die an Bord im Schichtdienst arbeiten stören, beziehungsweise ihren Schlaf.
Also bezog Byrt eine kleine Kabine für sich allein im Bug.
Dann begaben sie sich zur Kleiderkammer, in der ein kleiner Halma mit Namen Tamol ein strenges Regiment führte. Allerdings musste er Byrt nur einmal ansehen und hatte tatsächlich auf Anhieb die richtige Größe für den Granitianer aus der Masse an Uniformen herausgesucht.
Byrt trug bereits einen Tag später mit Stolz die Uniform der Soleil Royal.
Er arbeitete gerne an Bord, und irgendwann wurde er dann tatsächlich auch befördert. Besser gesagt, Kardona fragte ihn, was er denn gerne an Bord

machen wolle.

Byrt entschied sich nach kurzem Nachdenken für den Beruf des Segelmachers.

Diesen Beruf hielt er für sehr wichtig, und er wollte unbedingt an Deck arbeiten.

Der Beruf des Soldaten beispielsweise kam für ihn keinesfalls in Frage. Byrt mochte keine Waffen und er kämpfte auch nicht gern.

So zogen die Jahre ins Land und Byrt wurde ein fester Bestandteil an Bord. Er war bei allen gern gesehen, und sein Humor war in der Mannschaft legendär.

Er wuchs tatsächlich noch ein ganzes Stück, bis er irgendwann mit seinen 2,61 Meter einer der größten Granitianer an Bord der Soleil Royal war.

Sein schwarzes Haar war eine wilde Mähne, die ständig in Bewegung schien und sein Gesicht umrahmte.

Da der Kapitän für ihn zu einer Vaterfigur geworden war, ließ er sich einen Bart stehen. Der war allerdings wesentlich kürzer als der von Feyonor Kardona.

Wenn man ihn so sah, konnte man denken, er wäre ein Pirat. Die Wildheit seines Äußeren wurde natürlich von den drei Narben in seinem Gesicht noch unterstrichen.

Er wurde anfangs oft gefragt, woher er sie denn hätte, aber diesbezüglich schwieg Byrt eisern.

Byrt war glücklich an Bord der Soleil Royal. Hier gehörte er hin.

Kapitel 9

Byrt war immer noch kein Offizier, aber das wollte er auch gar nicht. Der Kapitän hatte es ihm schon oft angeboten, aber jedes Mal hatte Byrt abgelehnt, mit der Behauptung, dass es dafür bessere Leute als ihn gäbe. Er hatte seinen Platz gefunden, und dort wollte er auch bleiben. Kardona akzeptierte seinen Wunsch im Großen und Ganzen, auch wenn er ihm ab und zu weiter das Offizierspatent anbot.

Byrt war auch ohne diese Uniform eine akzeptierte Größe an Bord. Was der Granitianer sagte, das hatte

Gewicht!

Er unterschied sich mittlerweile sehr von dem kleinen Jungen, der er mal war. Byrt legte Wert auf Wahrheit und Seriosität. Das hatte er wohl seinem Ziehvater, dem Kapitän, zu verdanken.

Er hatte sogar einmal höchstpersönlich einen Matrosen von Bord geworfen, als herauskam, dass dieser einen Kameraden bestohlen hatte.

Und zwar wortwörtlich. Byrt packte den Dieb am Hosenbund und am Kragen und schmiss ihn über die Reling. Netterweise machte er das, als die Soleil Royal erst ungefähr eine halbe Meile auf See war. Der Matrose kam erschöpft, aber heile, an Land an und wich von nun an der Soleil Royal aus, wann immer sie in der Nähe war.

Byrt war in der Folge immer sehr kritisch, wenn neue Gesichter an Bord auftauchten.

Eines Tages war die Soleil Royal gerade wieder im Hafen von Aritholka. Während die Ladung gelöscht wurde, stand eine junge Parda im Weg der Matrosen herum. Sie trug eine Brille und war sehr zierlich gebaut. Die Parda hatte langes violettrotes Haar und fiel damit auf, wie ein grüner Apfel im Schnee.

Byrt entschloss sich, sie anzusprechen.

„Na, Kleine? Was machst du denn hier? Du störst die Mannschaft beim Verladen, merkst du das gar nicht?"

Die Parda legte daraufhin die Ohren an den Kopf und sah ihn grimmig an. Wenn sie nicht so klein gewesen wäre, hätte Byrt bestimmt Angst gehabt.

„Pass mal auf, du zu groß geratenes Riesenbaby! Du kannst mich nett bitten zu gehen, mehr aber auch nicht!"

Byrt lachte. Es gab nicht viele Leute, die so mit ihm redeten, und die meisten waren weitaus größer als die Parda, die vor ihm stand. Das beeindruckte ihn und er entschied, dass er sie mochte.

„Klasse! Du bist nicht auf den Kopf gefallen! Aber", und dabei wurde er ernst, „Fakt ist, dass du trotzdem störst. Besser wäre es also, wenn du gehst. Oder

willst du etwa an Bord der Soleil Royal anheuern?"
Byrt sah sie abwartend an. Er hoffte, dass sie das Angebot annehmen würde. Sie wäre bestimmt ein Zugewinn für die Mannschaft. Auf jeden Fall wäre sie bestimmt ein prima Kumpel.
Doch die Parda schüttelte nur den Kopf.
„Nein, ich denke nicht. Dann müsste ich ja mit dir dienen", kam es frech von ihr. Wieder lachte der große Byrt und winkte ab.
Dann eben nicht.
„In Ordnung. Dann bitte, meine Dame, da ist der Steg."
Byrt unterstrich das mit einer leicht spöttischen Geste der Hand. Die Parda schaute ihn noch kurz so grimmig wie möglich an, ging dann aber zum Steg und zurück auf die Kaimauer.
Er schaute der jungen Frau bedauernd hinterher. Schade.
Dann seufzte er und ging wieder an Bord. Es war noch genug Arbeit zu tun. Es dauerte auch nicht

allzu lange, da hatte er die junge Frau bereits wieder vergessen.

Das war das zweite Mal, dass Byrt auf Freya Warmherz gestoßen war. Aber logischerweise erinnerte er sich an das erste Mal nicht mehr, dass schon so viele Monde her war.

Die Soleil Royal legte also ohne Freya Warmherz an Bord ab und stach in See.

Die Fahrt nach Irathastrus verlief völlig ereignislos.

Die Soleil Royal nahm nach dem Löschen der Ladung allerdings viele wertvolle Waren an Bord, die das Begehr einiger Piraten weckte. Trotz Geheimhaltung kam irgendetwas heraus.

Auf der Fahrt nach Zantih wurde die Soleil Royal von mehreren kleinen Piratenschiffen überfallen.

Die Soleil Royal hatte den Vorteil einer sehr eingespielten Mannschaft und der größeren Segelfläche, aber die Piratenschiffe kamen trotzdem immerhin bis auf Schussweite an das weit größere Schiff heran.

Kaum waren sie nah genug, donnerten auch schon die Kanonen der Piratenschiffe.

Die Soleil Royal war allerdings auch bewaffnet und so entspann sich eine wilde Seeschlacht auf dem Meer.

Um sich herum hörte Byrt Leute schreien. Manche riefen Befehle, andere schrien aus Angst. Es sollte nicht lange dauern, da gesellten sich die schlimmsten aller Schreie hinzu.

Die Schreie von Verletzten und Sterbenden.

Byrt hatte allerdings so viel zu tun, dass er kaum etwas davon mitbekam. Er hing in der Takelage des Schiffes und flickte notdürftig die Löcher, die von Piratenkugeln in die Segel der Soleil Royal geschossen worden waren.

Er vergaß alles um sich herum und konzentrierte sich voll auf seine Arbeit. Er bekam das Ende des Kampfes erst mit, als ein anderer Segelmacher ihm auf die Schulter klopfte.

„Es ist gut, Byrt, wir sind außer Gefahr."

Dennoch verließ Byrt seinen Posten erst, als alle Löcher in den Segeln gestopft waren. Man konnte ja nie wissen.

Erschöpft viel er in seine Hängematte und schlief bis zur Mitte des nächsten Tages.

Dann erst wurde er wach und begab sich an Deck.

Es kam durchaus ab und zu vor, dass die Soleil Royal ein lohnendes Ziel für die Piraten darstellte, aber Byrt gewöhnte sich nie an die Tage danach.

Das Blut wurde von den Planken gewaschen und das Schiff wurde wieder hergerichtet. Am wichtigsten war den Seeleuten dabei stets die Galionsfigur.

Wieder einmal gab es auch Tote zu beklagen.

Byrt selbst hatte sogar einen guten Freund dabei verloren.

Um ihn zu ehren, vollführte er selbst das Ritual der Seeleute dem Toten gegenüber.

Man nähte die Toten in der eigenen Hängematte ein und der letzte Stich ging dabei immer durch die Nase.

Das machte man, um sicherzustellen, dass der

eingenähte Matrose auch wirklich tot war.

Dann wurden die Toten mit einer besonderen Zeremonie in die See verabschiedet.

Byrt sah zu Kardona herüber, der an solchen Tagen viel älter aussah, als er wirklich war. Jeder einzelne Matrose an Bord war wie ein Kind von ihm. Und genau das war das Besondere, was die Soleil Royal ausmachte.

Kardona entschloss sich, die Fahrt nach Zantih abzubrechen. Aritholka war näher, dort sollte das Schiff zunächst repariert werden, ehe es weiter ging. Als das Schiff in den Hafen Aritholkas einlief, bildeten sich schnell ganze Trauben von Leuten, die die Royal begrüßen wollten. Natürlich war der Zustand des Schiffes offensichtlich. Der Kapitän bat die Mannschaft, nichts verlauten zu lassen und so geschah es auch.

Die Mannschaft hielt zusammen, und wenn der Kapitän eine Entscheidung traf, so rüttelte niemand daran. Eine Bitte Kardonas kam für die Männer und

Frauen einem Befehl gleich.

Byrt hatte den ganzen Tag noch an Bord und im Hafen zu tun. Neue Segel wollten bestellt werden und neue Materialien auch.

Am Abend saß der große Granitianer dann in seiner Kabine und trank etwas.

Eigentlich wollte er seinen Freund betrauern, aber er fühlte sich so unheimlich leer, dass er nicht alleine sein wollte.

Also entschloss er sich, eine der vielen Tavernen aufzusuchen, die Aritholka so zu bieten hatte.

Er dachte nicht nach, wohin er ging. Er brütete über seinen Gedanken und ließ seine Füße den Weg finden.

Schließlich kam er an einer Taverne an, die ihm gefiel.

Byrt öffnete die Tür. Das hieß, er stieß sie mit viel zu viel Wucht auf und die Tür knallte gegen die Wand.

Byrt vergaß einfach viel zu oft, wie viel Kraft er

besaß. Er schaute mit hochgezogenen Augenbrauen grinsend in den Raum und zuckte entschuldigend mit den mächtigen Schultern.

Etwas unschlüssig stand er in der Tür und sah sich um. Da fiel sein Blick auf die Parda, die er bereits vom Hafen her kannte. Diese violettroten Haare würde Byrt überall erkennen!

Die Parda hatte ihn wohl auch bemerkt, immerhin starrte sie ihn an.

Er winkte ihr kurz zu und ging zu ihrem Tisch.

Byrt klopfte, wie in Aritholka üblich, einmal kurz mit den Fingerknöcheln auf den Tisch um zu grüßen, und setzte sich Freya gegenüber rittlings auf einen der Stühle, sodass die Lehne eben jenes Stuhles die Ablage für seine mächtigen Unterarme bildeten. Er grinste sie an.

„Na?"

Völker von Kanthorus

Thol:

Das wohl menschenähnlichste Volk auf diesem Planeten. Männer werden durchschnittlich 1,80 Meter groß, die Frauen sind etwas kleiner. Die Thol stellen an der Gesamtpopulation von Kanthorus vermutlich die größte Bevölkerungsgruppe.

Parda:

Das Volk der Parda ist etwas kleiner und sehniger gebaut als die Thol. Zudem verfügen sie über katzenähnliche Augen und Ohren und einen katzenähnlichen Schwanz, den sogenannten Stert. Durch diese Eigenschaften können sie weit besser sehen als die anderen Völker und auch wesentlich besser hören.

Granitianer:
Körperlich sicherlich das beeindruckendste Volk auf diesem Planeten. Die Männer werden im Schnitt 2,50 Meter groß, die Frauen werden bis zu 2,20 Meter. Zudem sind die Granitianer sehr breit und muskulös gebaut. Ihre Haut ist etwas rau und die Hautfarbe geht von einem gräulichen Blau bis hin zu einem satten Grau.

Halma:
Die Männer dieses Volkes werden meist nur einen Meter groß, die Frauen unterscheiden sich in der Körpergröße nicht von den Männern. Dennoch wäre es ein Fehler die Halma nach ihren körperlichen Eigenschaften zu beurteilen. Sie sind besonders ehrgeizig und hartnäckig, manche meinen, das sei, um den geringen Wuchs auszugleichen.

Andere Bücher mit Freya Warmherz

Jugendbuchreihe
„Die Abenteuer von Freya Warmherz"
Bd. 1: Der Mahlstrom
Bd. 2: Die Stadt in den Wolken
Bd. 3: Nise Boao (in Vorb.)

Kinderbuch:
Unter lila Flagge – Piratige Geschichten für Klein und Groß

Legenden von Kanthorus
Bd. 1: Byrt